구렁덩덩 신 선비

글 김주현 | 그림 지정숙

옛날에 어떤 색시가 신씨 집안에 시집을 갔어요.
시집 간 색시는 일 년 후에 아기를 낳았어요.
그런데 이게 웬일일까요?
태어난 아기는 다름 아닌 구렁이였어요!
"어머나, 이를 어째!"
색시는 슬펐지만 낳은 자식이
구렁이라고 해서 버릴 수는 없었어요.
그래서 삼태기* 안에 넣고 부엌에서 살게 했어요.
구렁이는 하루 종일 삼태기 안에 가만히 있다가
밥을 먹을 때만 스르르 기어 나왔어요.

*삼태기 : 흙이나 쓰레기 따위를 담아 나르는 데 쓰는, 대오리나 싸리 등으로 엮은 기구.

어느 날, 이웃집에 사는 세 자매가 집으로 놀러 왔다가
부엌에 들어가 구렁이를 보게 되었어요.
"어머, 웬 구렁이가 부엌에 있지?"
첫째 딸이 막대기로 구렁이를 탁탁 때렸어요.
"아이, 징그러워."
둘째 딸도 막대기로 구렁이를 쿡쿡 찔렀어요.
"언니들, 그러지 마!"
막내가 가로막으며 언니들을 말렸어요.
그러고는 눈물을 뚝뚝 흘리는 구렁이를 달래 주었지요.
"울지 마라, 구렁덩덩 까꿍!"

엄마가 돌아오자 구렁이 아들이 말했어요.
“엄마, 나 옆집 셋째 딸한테 장가 갈래요.”
“얘가 무슨 소리를 하는 거야?”
엄마는 기가 막혔지만 조용히 타일렀어요.
“구렁이는 사람에게 장가 갈 수가 없단다.”
그러나 구렁이는 막무가내*로 졸랐어요.
“장가 안 보내 주면 아궁이 속에 들어가 버릴 거예요.”
구렁이는 정말로 아궁이 속에 틀어박혀
꼼짝도 하지 않았어요.

*막무가내 : 도무지 어찌할 수 없음.

엄마는 할 수 없이 이웃집에 청혼을 하러 갔어요.
하지만 말도 꺼내지 못하고 머뭇거리다 돌아왔지요.
다음 날도, 또 그 다음 날도 그랬어요.
"나한테 무슨 할 말이 있지요?"
이상하게 생각한 옆집 아주머니가 물었어요.
그제야 엄마는 겨우 입을 열었어요.
"저, 우리 구렁이 아들이 댁의 셋째 딸한테
장가들겠다면서 아궁이 안에서 통 나오지 않네요."
"저런, 얼마나 속이 상할까. 딸한테 한번 물어 볼게요."
인정이 많은 아주머니가 친절하게 말했어요.

그 날 저녁, 아주머니가 셋째 딸에게 말했어요.
“얘야, 옆집 구렁이가 너한테 장가를 들겠다는구나.”
그러자 옆에 있던 첫째 딸과 둘째 딸이 펄쩍 뛰며 소리쳤어요.
“어머나, 어머나! 그게 말이 돼요?”
“세상에, 그 구렁이가 미쳤나 봐!”
그러나 셋째 딸은 다소곳이* 앉아 이렇게 말했어요.
“구렁이에게 시집갈게요.”

*다소곳이 : 성질이나 태도가 온순하게.

마침내 셋째 딸과 구렁이가 혼례를 올리게 되었어요.
이 소문은 온 고을에 퍼졌어요.
사람들은 신기한 혼례식을 보려고 너도나도 몰려들었어요.
"어머, 저기 와요, 저기!"
"허허, 거참 희한한 일일세!"
사모 관대*를 갖춘 구렁이가
담 위에 걸쳐 놓은 통나무를 타고 슥슥 기어왔어요.
셋째 딸은 부끄러운 듯 얼굴을 살짝 감추었지요.

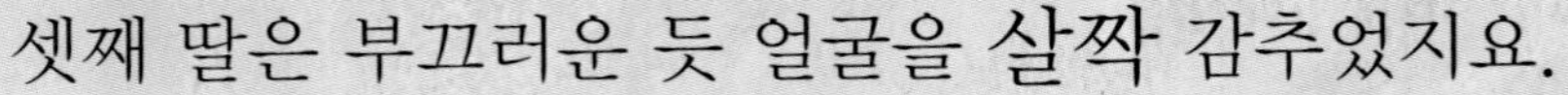

*사모 관대 : 전통 혼례 때 쓰는 모자와 차려 입는 옷.

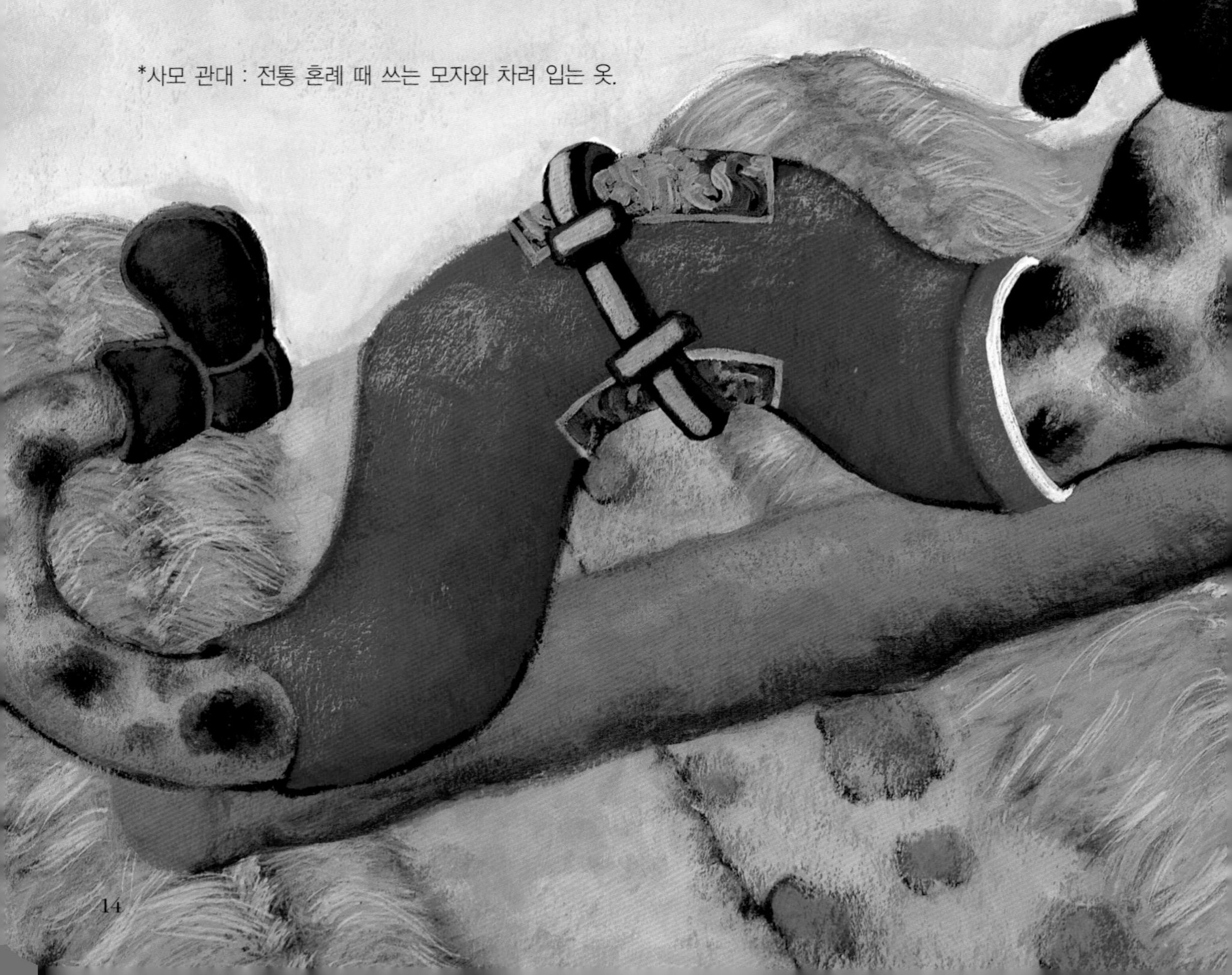

혼례식을 치르고 난 첫날밤이었어요.
갑자기 구렁이 신랑이 색시에게 이렇게 말했어요.
"뜨거운 물 한 통만 가져오시오."
색시가 뜨거운 물을 가져 오자,
구렁이는 물 속으로 들어갔어요.
그러자 구렁이의 허물이 벗겨지면서
잘생긴 젊은이가 나왔어요.
"나요, 색시. 구렁덩덩 구렁이 신랑이오."
색시는 너무 놀랐지만 한편으로는 무척 기뻤어요.
다음 날 막내에게 이 이야기를 들은 두 언니는
배가 아파 방바닥을 데굴데굴 굴렀답니다.

사람들은 사람이 된 구렁이 신랑을
'구렁덩덩 신 선비' 라고 불렀어요.
구렁덩덩 신 선비가 과거를 보러 갈 때였어요.
"이것을 잘 간직해 두시오.
만약 없어지면 나는 다시 돌아올 수가 없다오."
구렁덩덩 신 선비는 구렁이 허물을 색시에게 주었어요.
색시는 구렁이 허물을 복주머니에 넣고 잘 간직했어요.
그런데 심술맞은 언니들이 복주머니를 몰래 열어 보고는
구렁이 허물을 태워 버렸답니다.
"어머, 이를 어째!"
뒤늦게 달려온 색시는 눈물을 펑펑 흘렸어요.

아무리 기다려도 구렁덩덩 신 선비가 돌아오지 않자
색시는 남편을 직접 찾으러 길을 나섰어요.
“까마귀야, 구렁덩덩 신 선비님을 못 보았니?”
색시가 연못가에 있는 까마귀에게 물었어요.
“거기 쏟아진 쌀을 씻어 주면 가르쳐 줄게요.”
색시는 쏟아진 쌀을 모두 주워 깨끗이 씻었어요.
“이제 멧돼지에게 물어 보세요.”
색시는 멧돼지에게 구렁덩덩 신 선비를 못 보았냐고 물었어요.
“이 칡뿌리를 캐 주면 가르쳐 줄게요.”
색시는 멧돼지에게 칡뿌리를 캐 주었어요.
“이제 농부 할아버지에게 물어 보세요.”

색시는 논에서 일하는 농부 할아버지에게 물었어요.
“이 논을 다 갈면 가르쳐 주지.”
색시는 땀을 뻘뻘 흘리며 논을 다 갈았어요.
“이제 빨래하는 할머니에게 물어 봐.”
색시는 냇가에서 빨래하는 할머니에게 물었어요.
“이 빨래를 다 하면 가르쳐 주지.”
색시는 또 빨래를 모두 빨아 놓았어요.
“내가 주는 항아리 뚜껑을 타고 이 막대기로
노를 저어 냇물을 따라가 봐.”
할머니는 구렁덩덩 신 선비의 집에
들어갈 수 있는 방법도 소곤소곤 일러 주었어요.

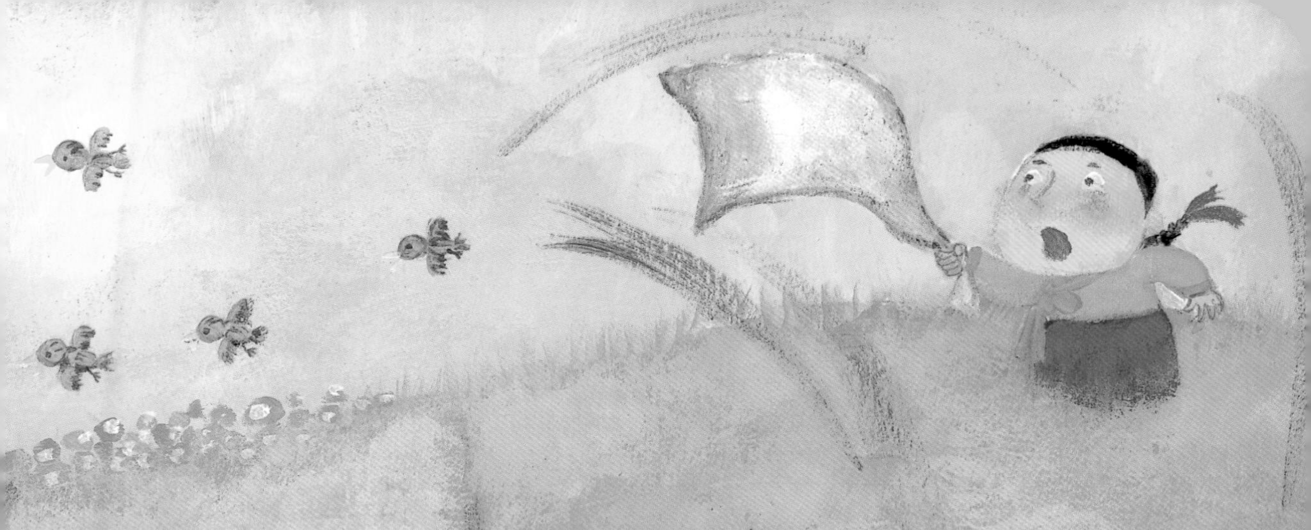

색시는 항아리 뚜껑을 타고 막대기로
노를 저어 냇물을 따라 졸졸졸 흘러갔어요.
"훠이! 구렁덩덩 신 선비네 쌀 그만 먹어라."
한 아이가 넓은 논에서 참새를 쫓고 있었어요.
"얘야, 너는 구렁덩덩 신 선비네 집을 아니?"
색시가 묻자 아이가 고개를 끄덕이며 대답했어요.
"그럼요, 언덕 위 기와집에 살고 있는 우리 주인인걸요."

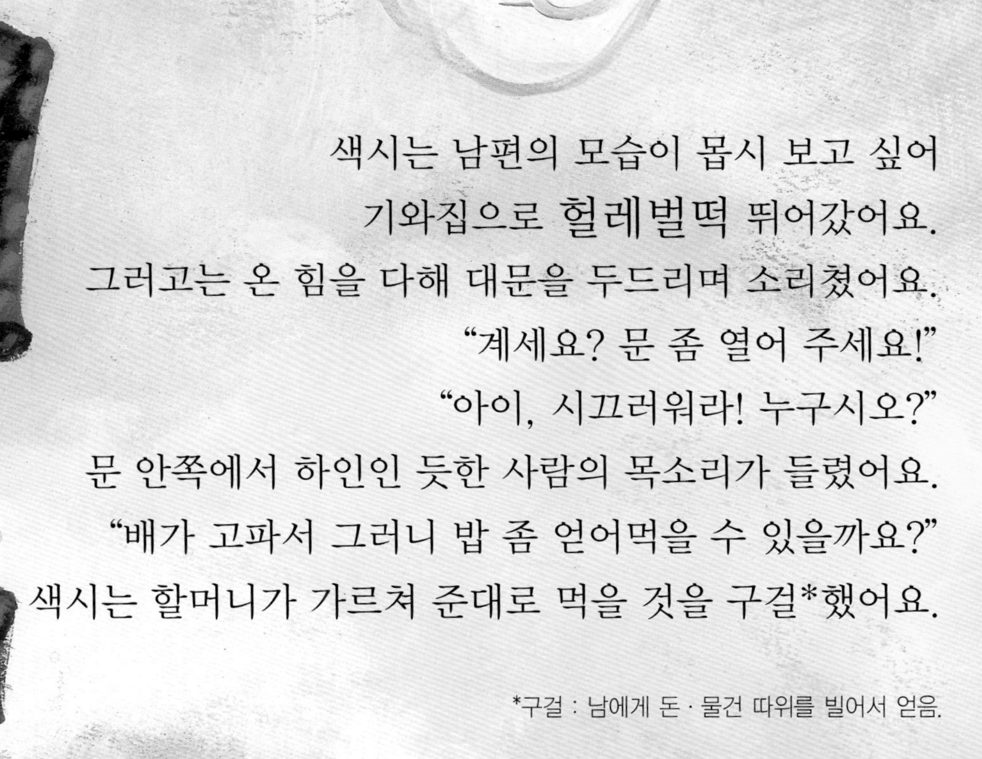

색시는 남편의 모습이 몹시 보고 싶어
기와집으로 헐레벌떡 뛰어갔어요.
그러고는 온 힘을 다해 대문을 두드리며 소리쳤어요.
"계세요? 문 좀 열어 주세요!"
"아이, 시끄러워라! 누구시오?"
문 안쪽에서 하인인 듯한 사람의 목소리가 들렸어요.
"배가 고파서 그러니 밥 좀 얻어먹을 수 있을까요?"
색시는 할머니가 가르쳐 준대로 먹을 것을 구걸*했어요.

*구걸 : 남에게 돈 · 물건 따위를 빌어서 얻음.

하인은 곧 문을 활짝 열고
밥 한 그릇을 색시에게 주었어요.
"여기 있소. 어서 가시오!"
"고맙습니다!"
색시는 밥그릇을 받는 척하다 떨어뜨렸어요.
"어머나, 이 아까운 것을……."
색시는 그 자리에 앉아서 밥알을 하나씩 주워 담았어요.
그러다 보니 어느 새 날이 저물고 말았지요.
"죄송합니다. 하룻밤만 재워 주세요."
하인은 할 수 없이 허락했어요.

밤이 되자 색시는 마당으로 나와 달을 쳐다보았어요.
그런데 어디서 귀에 익은 목소리가 들렸어요.
"고향에 있는 내 색시도 저 달을 보고 있을까?"
그것은 틀림없는 구렁덩덩 신 선비의 목소리였어요.
"내 신랑 구렁덩덩 신 선비도 저 달을 보고 있을까?"
색시도 떨리는 목소리로 말했어요.
그러자 어둠 속에서 구렁덩덩 신 선비가 나타났어요.
"여보!"
"서방님!"
둘은 꼭 껴안고 기쁨의 눈물을 흘렸답니다.

구렁덩덩 신 선비

내가 만드는 이야기

아이들이 들려 주는 이야기를 들어 본 적이 있나요?
그 이야기 속에는 아이들의 무한한 상상력과 창의력이 담겨 있음을 발견하게 될 것입니다.
번호대로 그림을 보면서 앞에서 읽었던 내용을 생각하고,
아이들만의 상상력과 창의력이 표현된 이야기를 만들어 보게 해 주세요.

7
8
9
10
11
12
13
14

구렁덩덩 신 선비

옛날 옛적 인간이 된 구렁이 이야기

〈구렁덩덩 신 선비〉는 우리 나라 전 지역에서 전승되고 있는 대표적인 민담으로, 〈구렁덩덩 서 선비〉 〈뱀 신랑〉 이라는 제목으로도 알려진 작품입니다.

동물이 사람으로 변하는 전래 민담의 전형적인 유형에 속하는 이야기입니다. 구렁이에게 시집 간 셋째 딸이 부주의로 자신의 남편인 구렁이의 허물이 불에 타 버리는 바람에 남편과의 약속을 지키지 못해 행복한 결혼 생활이 깨지고 말지요. 그러나 셋째 딸은 이에 굴하지 않고 끝까지 남편을 찾아 다시 행복하게 된다는 내용으로 이루어져 있습니다.

우리는 이 이야기에서 많은 교훈을 얻을 수 있습니다. 구렁이의 모습으로 태어난 구렁덩덩 신 선비의 겉모습과 속모습은 많은 차이가 있지요. 흔히 사람의 외모나 조건만 보고 그 사람을 평가하는 경우가 많습니다. 그러나 셋째 딸은 언니들과는 달리 구렁덩덩 신 선비의 진실된 모습을 찾아 행복을 차지하게 되었습니다.

▲ 옛 이야기에서 무서운 동물이나 신통력을 지닌 동물로 많이 등장하는 구렁이.

보통의 옛날 이야기 같으면 아마도 구렁덩덩 신 선비와 결혼한 셋째 딸이 행복하게 사는 것으로 끝을 맺었을지도 모릅니다. 하지만 이 이야기에서는 구렁덩덩 신 선비의 허물을 보호하지 못한 셋째 딸이 험한 고난을 겪으며 남편을 찾아가는 내용이 이어집니다. 행복을 영원히 지속하기란 이처럼 어려운 것인지도 모릅니다. 즉 처음 주어진 행복에 안주하지 않고 끊임없이 노력해야 그 행복을 지킬 수 있다는 교훈을 얻을 수 있답니다.